JN072791

句集

Hanryo

伴侶

Takeo Nakaoka

中岡毅雄

朔出版

句集　伴侶　目次

装幀　間村俊一

句集 伴侶

I

五十三句

草原に石鹼玉いま草のいろ
ものの芽にもつとしづかなときを待つ

天球のぐらぐらとして揚雲雀

辛夷あかりへあと一歩あと一歩

春満月桂信子と書肆であふ

風車夭折の歳はや過ぎし

すみずみまで妻のぬくもり春の月

三十の肌におぼれてゆく朧

明日切る椿を決めてねむりけり

鵜のこゑのつらぬく朝寝かな

開封の気力も失せて鳥雲に

扉を閉づる音にをののく花の昼

はらわたの痺れてきたる春の暮

さまようてさまようて夜の櫻かな

一日の半ばはねむり藤の花
かすかなるいらだち葉櫻のひかり

相譲らざる芍薬の二輪かな

崩れかかりし芍薬に蝶の影

十薬を挿してこころを鎮めむと
体調不良により、地元兵庫での「藍生」全国大会欠席
須磨明石いまもとほしやさみだるる

やるせなき五月雨髪を梳きにけり

椎の花病は五欲弱らしめ

夕涼の妻の摘みきしバジルの香

さくらんぼ褒めてもらひしことは稀

子燕のまだひらかざるまなこかな

アマリリス雨が綺麗とつぶやきぬ

細枝をくぐる眼白の疵つかず
土不踏よみがへりくる雲の峰

蟬声のなまあたたかき朝なりけり

蟬殻に縋りつきたる蟬の殻

ほととぎす朝歩かねば一日臥す

夏鶯歩き出したる午前五時

ふつと息ふつと鷺草揺れにけり

末草白光いのち得たりけり

鈴虫や空の縹《はなだ》のあとすこし

汝をののしりしゆふべの螢草

十字路の彼方かな〳〵かな〳〵と

水葬のごとく芒にしづみゆき

白といふ衰へのいろ蓼の花

金木犀崩るるごとく鬱へ堕ち

この路地の金木犀も了りけり

生涯を秋の草摘むこのひとと

八千草の香に目覚めくるはだへかな

無花果を煮つめてさらに昏くなる

実南天まぶしく職に棄てられし
木枯やふるさとの梁おもふべし

冬日濃し起き上がらんとしたれども
ゆふべまで臥してゆふべの鳰のこゑ

突発性難聴返り花いくつ

細りゆくひかり極まり枯芒

数へ日や何数へむと生ききたる
ひとひらの雪の舞ひこむ餅を搗く

芹摘の空すきとほるところまで

II

五十六句

折れさうなこころの柱鳥雲に
鞦韆の鎖つめたし雲つめたし

鳥の鳴くやうに軋めり半仙戯

春コート膝に手術の妻を待つ

山茱萸の眩しさ妻に逢ひにゆく

妻の臥す日のつづきけりつばくらめ

つばくらめかけがへのなき日々であり
紫木蓮自死をおもひし頃のこと

紫木蓮十年己に甘えしか

竹筒の中によりそふ雛かな

あめつちを水の巡れる櫻かな

つつしんでいただく白湯や朝櫻

夕櫻宇治十帖をわすれけり

直面に舞ふ花びらの二三片

虚子の忌の久々にあふひとの数

花水木ひかりのなかに癒えてゆき

日の高きうちに帰りぬ一輪草

天涯を風吹き荒るる夏蕨

草や木の甘きかをりや更衣

いつもこの矢車草のあたりまで

古賀まり子先生

矢車草病も友と励まされ

河骨の十四五本の暮色かな

黒揚羽苛立ちを隠さずにゐる

雷のとどろいてをる昼寝覚

香水をほのと匂はせうすぐらし

指で挟みし草笛のやはらかく

青葡萄雲の火照りのまださめず
くぐる時しんとにほへる茅の輪かな

水澄んでもつともゆりの木が高し

露草をすべりてゆきぬ露の玉

青栗のまだ穏やかな棘のいろ

葛の花いくつもにほふ夜空かな

ひとつぶもこぼさず赤のままを摘む

鵙の贄よりぽたぽたと雨雫

鰯雲茫洋としてわが五十路
少しづつ少しづつ読み鳳仙花

ねこじやらし溢れむばかり妻癒ゆる

草虱とりあひ雲の近くなり

吾亦紅時のながれをうべなへば

蚯蚓鳴く引き籠り癖いつまでぞ

椋鳥はみな夕日の方を向きゐたり

草の花いづれともなく眼をとめて

草の花ゆふべとなればば明日おもふ

夕落穂このごろゆるき鬱の波

草田男も虚子も小柄や天高し

橙にきよらかな風吹きにけり

疵ひとつなきあをぞらに返り花

やうやくに寧きひととせ大冬木

抱へきれぬほどの冬薔薇贈りたし

マフラーを忘れてすこし不機嫌に

残照の瞑目に似る冬の菊
冬の菊こころの澱みけふはなし

けふもこの径の落葉を踏むのみか

雪晴のどこか鶲のこゑすなり

息苦しければ屈みて冬菫

青鷺の塒はいづこ冬の月

III

五十四句

あをぞらのゆつくりながれ薄氷

指先を濡らさず雛流しけり

みづうみのかがやいてゐる種袋

妙高の雪のまぶしき櫻かな

うつしみのこの世の花を見尽くさず
花びらのつめたきひとつひとつかな

山鳩はひとを怖れず夕永し

飛ぶ鳥に礫届かず修司の忌

起きて臥し臥して起きたり花は葉に

十年の誤診なりしが夏燕

一日に心の起伏夏燕

桐の花朝のひかりを浴びにゆき

流水のごと時の過ぎ青胡桃

草原の照りわたりたる天道虫

月見草母を詠まねば何詠まむ

十薬や余命をかぞへはじめたる

禱れども甲斐なかりけり立葵

痩せてきてまだ痩せてゆく青葉冷

涙目にうべなふ老いや合歓の花

添寝して螢袋をかたはらに

手を握りねむりへさそふ梅雨の星

梅雨の月母がねむればねまりけり

まだ生くる気力のありて不如帰
一匙のメロンを口にしたるのみ

母を支へて歩きゆく西日燦

苦しまず母逝かしめよ秋の星

鶏頭や残されしあと五六日

水引草いまはの際にこゑのなし

水澄んでまことにうすき死化粧

死顔の頬のあたりへ百合の花

ひとりきりになりたし秋の蟬しきり

曼珠沙華孤心ますますつのりけり

夕光は禱りの如し曼珠沙華

母の死を受けいれてゆく鰯雲

とまりたる草の揺れざる糸蜻蛉

秋扇ひらけば花鳥諷詠と

これよりをいかに遊ばん葛の花

秋蝶のとまつてゐたる妻の指

うすやみのあとのくらやみ葉鶏頭

葉鶏頭きのふの無為とけふの無為

鶏頭や残生に何為すべきか

さざなみに岸のありけり秋の暮

芋の露すべてこぼれてしまひけり

蚯蚓鳴くこの気怠さのいづくより

まづ妻が気づきしこゑや尉鶲

あをあをとながれてゆけよ雪螢

生きてゐるかぎり冬日の輝るかぎり

ゆつくりとじつくり歩め花八ツ手

てのひらにすくへば落葉あたたかし

裕明忌雲のかたちのさだまらず

初夢は白布ひろげしごとくなり

石段の上も石段寒稽古

寒椿己を恃むほかはなし

雪吊や旅先で買ふ文庫本

IV

五十句

すみれ草妻につきたる嘘ひとつ

はるかにも湖のさざなみ雛納

床の間に琴立てかけし朧かな

ゆふぐれに網をつくろふ望潮

木洩日のちらつく一人静かな

石鹸玉空あをければ海もまた

ユーカリの樹々にほひたつ立夏かな

かりそめの世にかりそめの夏衣

えごの花踏むやはらかき草の上

青葉風兜太先生との握手

白墨に噎せしむかしよ青葉風
蛇の衣吹かるる空の浅葱いろ

黙禱は一分間や立葵

序の舞のなほつづきけり灯取虫

晩節を汚してゐたる麦こがし

高きより峯昏れはじむ夏氷

亡き人のことには触れず金魚玉

風見鶏そよりともせぬ水中り

微笑みにかへす微笑み蟻地獄

炎天や耳にピアスの穴ふたつ

とうすみや明日はきつと楽になる

汝と吾にしづかなるとき天道虫

白雲のまだ増えてくる夏花摘

空蟬をつまみてほのかなる微熱

あめつちの間に蟬の殻いくつ

秋日傘眉のあたりも隠しけり

ふつと湧くかなしみ草の絮ひとつ
手にふるることをためらふ草の絮

鬼灯や幻聴だつたかも知れず

鶏頭のあかあかあかと魚目死す

一本のすすきを活くる真顔かな

消えかかりたる不知火のまたたけり

よき夢のあともよき夢菊枕

かすかなる睫毛の反りや月明り

どの皿も綺麗に磨き小鳥来る

口述の一首絶唱鳥渡る

蓑虫を此奴と呼びし青畝大人《うし》

海見えぬ日は海を恋ふ秋遍路

木の実踏む音と木の実の落つる音

枇杷の花亡きひとの恩そのままに

きのふより口きかぬまま返り花

冬帽子いくども被りなほしては

龍の玉星霜拒むすべのなし

残生のなほもまぶしき龍の玉

減薬はいつの日ならん枯木星

眦の濡れて目覚むる冬銀河

ゆふぞらにまた綿虫を見失ふ

悴んで妻の戻つて来たりけり

縄跳の子にみづうみの光さす

手袋のまま猫の背を撫でてゐる

V

六十六句

すきとほるやうなにほひの雪兎

鉈持ちて紙漉場より出て来たり

雪の日のうすもゝいろの手漉和紙

薺粥雪のあしたとおもひつつ

舞ひそめてすぐ止む成人式の雪

臘梅に筆一本の形見わけ

ふいに声ききたくなりし冬の絮
息ふるるまで凍蝶に近づきぬ

なだれくる水仙なだれゆく水仙

探梅や水平線の見ゆるまで

日のさしてくるたまゆらや探梅行

日の昏るるまへのあかるき寒牡丹

慟哭は一度きりなる春の雪

今もなほ客死ありけり夕蛙

あをぞらのつめたかりけり節分草

椅子出して机を出して百千鳥

おのづから充つるかなしみ百千鳥

陽炎にしづまりかへる都心かな

蝶の昼あはき眩暈の中にゐる

歳月はひとを癒やさず紫木蓮

ことごとく葉のかがやける仏生会

甘茶仏乾くいとまのなかりけり

書き出しに手間取つてをる落花かな

全集の端本なれども鳥雲に

ゆりの木に掌をあててゐる立夏かな

ペン先の鋭かりける新樹光

新樹光晩年のまだ見えて来ず

夕方にすこし歩きぬ桐の花

夕さりの日を浴びてゐる桐の花

天上へこゑはとどかず桐の花

口数のすくなき螢袋かな

夕星のしばらくひとつ余り苗

神棚に供へてありぬ余り苗

十薬やよみがへりくる母のこゑ

少年のまばたきしるき青嵐

乾きても魚籠にほふなり額の花

一列に並び鵜舟のあらはるる

一列の鵜舟のやがてばらばらに

三つ編みの若きをみなの鵜匠なる
鵜匠言ふ手縄はゆるく縛りしと

一木にして満目の合歓の花

水芸の扇の先の濡れてをり

夕焼けて先の傷みしトウシューズ

さみどりの水輪の中の水馬

還暦といふあはきもの釣忍

躁の日のあとの鬱の日雲の峰

雲の峰苦楽をともに歩み来し

向日葵や天与のごとき手術痕

吾が死後も空あをあをと日輪草

からうじて一日千歩夏燕

立葵病に狎るることなかれ
朝顔の紺にふれつつ生きたしや

星祭一筆箋に二行書き

桐一葉あさき流れにしたがはず

手をつなぐこともなくなり蓼の花

秋霖や古書肆にて買ふ除籍本

鳥のこゑみなあかるくて栗を剥く

みづいろの名刺小鳥の来たりけり

また同じところを雨の石叩

悼む　友岡子郷先生

雁や泪こぼさず訃報聴く

ほんたうのことが知りたい螢草

ゆゑもなく昂ぶるこころ鶏頭花

ねこじゃらし養生の身の二十年
吾の眼に映れる汝やねこじゃらし

吾亦紅なにゆゑ我に嫁ぎしか

晩婚といふ寧けさよ虫時雨

句集　伴侶　畢

あとがき

『伴侶』は私の第五句集、約十三年間の作品をまとめたものです。

心の病を抱えながら過ごした日々、人生のパートナーを得て、俳句は一層生きる支えとなりました。

その間、ご指導をいただいていた黒田杏子、友岡子郷両先生は他界されました。心よりご冥福をお祈りしております。

また、刊行にあたり、水原紫苑様より帯文を賜りました。朔出版の鈴木忍様には、いろいろお世話になりました。感謝申し上げます。

令和五年六月

中岡毅雄

著者略歴

中岡毅雄（なかおか　たけお）

昭和三十八年、東京都生まれ。波多野爽波主宰「青」を経て、「藍生」（黒田杏子主宰）、「椰子」（友岡子郷代表）入会。平成三十年、今井豊と共に「いぶき」創刊。現在、「いぶき」共同代表、日本文藝家協会会員、俳人協会評議員。

句集『浮巣』『水取』『一碧』（第二十四回俳人協会新人賞）『啓示』（第十回山本健吉文学賞）、評論『高浜虚子論』（第十三回俳人協会評論新人賞）『壺中の天地』（第二十六回俳人協会評論賞）、入門書『NHK俳句　俳句文法心得帖』。

現住所　〒六七三－〇四〇二　兵庫県三木市加佐九八一－四

句集　伴侶《はんりょ》

2023年8月7日　初版発行

著　者　　中岡毅雄

発行者　　鈴木　忍

発行所　　株式会社 朔《さく》出版
〒173-0021　東京都板橋区弥生町49-12-501
電話　03-5926-4386　　振替　00140-0-673315
https://saku-pub.com　E-mail　info@saku-pub.com

印刷製本　中央精版印刷株式会社

©Takeo Nakaoka 2023 Printed in Japan

ISBN978-4-908978-96-8　C0092　￥2700E

落丁・乱丁本は小社宛にお送りください。送料小社負担にてお取り替えいたします。

本書の無断複製（コピー、スキャン、デジタル化等）並びに無断複製物の譲渡及び配信は、著作権法上での例外を除き禁じられています。